Element Line

Les personnages

Kam

Il a été élevé jusqu'à l'âge de huit ans en digne héritier du Héros Laolyth, qu'on soupçonne d'être son père. Kam est ensuite confié à Batsuo, auprès de qui il apprend à s'affirmer. Il est atteint depuis l'enfance d'un mal étrange dont il ignore l'origine, et cherche à quitter Grisfynn pour le cacher à son entourage...

Ludia

La meilleure amie de Kam. Têtue, frondeuse, elle a été élevée dans une famille très attachée au culte du Saint-Esprit.

Batsuo

Ancien soldat de la Guilde, il s'est occupé de Kam pendant six ans.

Leni

Professeur de Kam qui passe avec lui l'épreuve de la Guilde.

Miru

Petite sœur de Leni. Fervente admiratrice de Laolyth, elle rêve que son frère devienne soldat.

Laolyth
Héros admiré sur tout le continent. On ne sait rien de sa famille ni de son passé. La Guilde cache sa disparition, qui remonte maintenant à plus de quatorze ans.
Sarah
La mère de Kam, morte sur "le continent sans nom", rêvait d'un monde sans Rizoms.
Le Maître de la Guilde
Il est à la tête de l'ordre guerrier chargé de l'extermination des Rizoms.
L'Ancien
Personnage le plus puissant du continent, il manipule la rumeur pour garder intacte la renommée de Laolyth. Il a un faible pour les oiseaux.
Le professeur
Chercheur qui soupçonne que les Rizoms seraient des hommes à l'origine.
L'homme en noir
Espion à la solde de la mère de Bomsendt.
Shafille
Il est au service du clan qui a confié Kam à Batsuo. Il doit venir le reprendre sous peu.
Edgerenk
Assistant du professeur. Il subit sans arrêt les sautes d'humeur du scientifique.

ELEMENT LINE
VOL. 2

SOMMAIRE

HAN
PLUS VITE ! ILS SONT DÉJÀ SUR NOUS !
HAN
J'EN PEUX PLUS... ILS VONT M'AVOIR !
HAN
HAN

AAAAAH!!!
À L'AIDE !!!

BATSUO ...
REMUE-TOI, BABEL ...

BON SANG ! ÇA N'EN FINIT PAS !
BILTOSH !
IL FAUT SE CONCENTRER SUR LA DÉFENSE DE L'UNITÉ !
CONTENTONS-NOUS DE TENIR À DISTANCE LES RIZOMS QUI S'APPROCHENT UN PEU TROP PRÈS !
JE NE SACRIFIERAI PAS UN HOMME DE PLUS...
CAPITAINE ?

?!
HEIN ?!
QU'EST-CE QUI SE PASSE ?!
UNE LUMIÈRE... ROUGE ?

Element Line
Livre III : Brise d'été
GRISFYNN, L'ANTIQUE CITÉ SAINTE
ÇA Y EST ?! TOUT LE MONDE EST À L'ABRI ?!

FERMEZ LES PORTES !
TOUT VA BIEN ?
ザワ ザワ
ALLEZ VITE ME CHERCHER UN MÉDECIN À L'INFIRMERIE !
COMMENT ÇA ON NE PEUT PAS RENTRER CHEZ NOUS ?!
LES QUARTIERS DE LA GUILDE VIENNENT D'ÊTRE PLACÉS EN QUARAN-TAINE.
INTERDICTION FORMELLE DE SORTIR D'ICI JUSQU'À NOUVEL ORDRE.
OH NON ...
VOUS ÊTES CONSIGNÉS À LA CASERNE, COMPRIS ?

ÇA Y EST, LA GUILDE A DÉJÀ COMMENCÉ À ÉTOUFFER L'AFFAIRE. C'EST PARTOUT PAREIL, À CE QUE JE VOIS !
C'EST TOUT L'EFFET QUE ÇA TE FAIT ?!
TU NE REVERRAS PEUT-ÊTRE PAS AEBORI AVANT UN BOUT DE TEMPS !
C'EST LA VIE ...
ON A DÉJÀ DE LA CHANCE QU'ILS NOUS AIENT AUTORISÉS À FRANCHIR LES PORTES DE LA CITÉ !
TU CROIS PAS ?
GRISFYNN, QUARTIERS AUTONOMES DE LA GUILDE
QUEL MALHEUR D'ÊTRE TOMBÉS SUR UN "ASSASSIN À UN BRAS"...
MAIS RIEN D'ÉTONNANT À CE QU'UN ANCIEN CHEF D'UNITÉ TEL QUE VOUS AIT RÉUSSI À ÉCHAPPER À CE MONSTRE SANGUINAIRE.

NOUS REGRETTONS DE NE PAS AVOIR PU RÉUNIR PLUS D'INFORMATIONS SUR L'ASSASSIN ...
MAIS LA GUILDE MANQUE DE TROUPES, C'EST PARTOUT PAREIL.
IMPOSSIBLE D'AVOIR L'ŒIL PARTOUT, MÊME POUR UNE ORGANISATION COMME LA NÔTRE.
QUEL **MALHEUR** ?!
...
VOUS QUI AVEZ COMBATTU EN PREMIÈRE LIGNE ÊTES BIEN PLACÉ POUR LE SAVOIR...
ON SAIT TOUS QUE LES ASSASSINS NE SE DÉPLACENT QU'AU SEIN D'UNE MEUTE QU'ILS DIRIGENT !
C'EST UNE THÉORIE TRÈS RÉCENTE, BATSUO...
METTONS QUE NOTRE RENCONTRE AVEC L'AS-SASSIN SOIT EFFECTIVE-MENT DUE AU HASARD ...
VOUS NE CROYEZ PAS QUE CETTE EXPÉDITION ÉTAIT UNE ERREUR DEPUIS LE DÉBUT ?!
CE GENRE DE CONVOI N'EST CENSÉ PARTIR QU'APRÈS QUE LE TERRAIN AIT ÉTÉ DÉBLAYÉ PAR UNE MISSION DE RECONNAIS-SANCE !
ARRÊTEZ DE VOUS FOUTRE DE MOI !

IL EST VRAI QUE DEPUIS LA DISPARITION DE PALETA ET DE SON UNITÉ, L'EXTERMINATION DES RIZOMS A PRIS BEAUCOUP DE RETARD PAR ICI...
MAIS CE CONVOI ÉTAIT EXCEPTIONNEL ...
ET NOUS PENSIONS AVOIR RÉUNI ASSEZ DE SOLDATS AGUERRIS POUR UNE EXPÉDITION DE CETTE ENVERGURE.
LE CADEAU POUR L'ANCIEN, HEIN ?
SANS L'ASSASSIN, CETTE MISSION ÉTAIT LARGEMENT À VOTRE PORTÉE.
FACILE À DIRE !
COMMENT POUVEZ-VOUS JUGER LA SITUATION ASSIS DERRIÈRE VOTRE BUREAU ?!
ATTENDEZ, BATSUO !
OÙ ALLEZ-VOUS AVEC ÇA ?!
JE SUPPOSE QUE VOUS ALLEZ ENCORE CHERCHER À ESCROQUER LES FAMILLES ET À RÉDUIRE LEUR PENSION AU MAXIMUM ?
ALORS JE GARDE LE PAQUET JUSQU'À CE QUE VOUS LEUR VERSIEZ TOUT CE QUE VOUS LEUR DEVEZ !

VIEUX FOU !
BATSUO !
LAISSE-LE DONC PARTIR ...
MÊME LUI NE SAURAIT S'OPPOSER À LA GUILDE.
AINSI DONC, LES ASSASSINS SONT ARRIVÉS JUSQU'ICI ...
LES RIZOMS SONT DE PLUS EN PLUS NOMBREUX PAR ICI, C'EST CERTAIN... MAIS D'OÙ PEUVENT-ILS BIEN VENIR...
ET QUI PLUS EST, L'ESPÈCE LA PLUS PUISSANTE, L'ASSASSIN À UN BRAS...

MERDE !
COMME SI JE NE L'AVAIS PAS SUFFISAMMENT REGRETTÉ À L'ÉPOQUE...
MAIS QU'EST-CE QUE C'ÉTAIT QUE CETTE LUMIÈRE ?
ET QU'EST-IL ARRIVÉ À KAM ?
PATHÉTIQUE... JE SUIS PATHÉTIQUE...
MAINTENANT C'EST AU TOUR DE KAM... COMME SI JUD N'AVAIT PAS SUFFI...
KAM... LENI...
EH BIEN ! TU AS L'AIR DANS TOUS TES ÉTATS...

BATSUO ! ÇA FAISAIT LONG-TEMPS ...
COMME TU N'ÉTAIS PAS LÀ, JE ME SUIS PERMIS D'ENTRER POUR T'ATTENDRE ...
SHAFILLE ...
ÇA Y EST, TU TE DÉCIDES ENFIN À TE MONTRER ...
COMME PROMIS, OUI...
BATSUO, J'AI UNE IMMENSE FAVEUR À TE DEMANDER ...

ÉCOUTE-MOI BIEN ! ET JE VEUX UNE RÉPONSE FRANCHE...
QUE S'EST-IL PASSÉ AVEC KAM AUTREFOIS ?!
...
KAM... T'A DIT QUELQUE CHOSE, BATSUO ?
EST-CE QU'IL A... MENTIONNÉ MAÎTRE ZARK ?
ZARK ? JAMAIS ENTENDU PARLER...
CE QUE JE VEUX SAVOIR, C'EST POURQUOI IL TENAIT TANT À QUITTER LA VILLE !!
IL ESSAYAIT DE FUIR QUELQUE CHOSE. TU DOIS BIEN AVOIR UNE IDÉE, NON ?!
F... FUIR ?

AU DÉBUT, J'AI CRU QU'IL VOULAIT SIMPLEMENT PARTIR À L'AVENTURE...
JE LUI AI DEMANDÉ D'Y RENONCER À PLUSIEURS REPRISES...
MAIS À CHAQUE FOIS IL AVAIT L'AIR TERRIFIÉ...
OÙ VOULAIT-IL ALLER ?
NE T'INQUIÈTE PAS POUR MOI !
JE SUIS CAPABLE DE VIVRE TOUT SEUL MAINTENANT ...
VIVRE ...
HA HA HA HA HA...
BATSUO ?
TSS ...
QU'EST-CE QUE JE RACONTE ...
HA

JE SAIS POURTANT QU'IL NE REVIENDRA PLUS, MAINTENANT ...
KAM EST MORT.
JE L'AI ABANDONNÉ À LA MORT...
IL NE REVIENDRA PLUS ?!
JE VOIS... UN ASSASSIN ...
BON SANG ...
SI SEULEMENT J'AVAIS ÉTÉ MOINS STUPIDE ...

NON...
CE N'EST PAS DE TA FAUTE, BATSUO... C'ÉTAIT SÛREMENT LE DESTIN DE KAM...
NOUS AVONS FAIT DE SON ENFANCE UN VÉRITABLE CALVAIRE.
SI NOUS EN SOMMES LÀ AUJOURD'HUI ...
C'EST PARCE QUE MAÎTRE ZARK ET MOI AVONS MANIPULÉ SON DESTIN...
BATSUO ...
NOUS T'AVONS MENTI À SON SUJET. CET ENFANT...
CET ENFANT N'EST PAS ORPHELIN ...
QUOI ?!
QU'EST-CE QUE TU RACONTES ?!
MON MAÎTRE, ZARK VAYDE, CELUI QUI A ÉLEVÉ KAM JUSQU'À L'ÂGE DE HUIT ANS, AVAIT PERDU SON TITRE DE COMTE DANS UNE SOMBRE HISTOIRE ...
C'EST POURQUOI LA FAMILLE VAYDE VOULAIT SE SERVIR DE KAM POUR RENTRER DANS LES BONNES GRÂCES DE L'ANCIEN ET RETROUVER SON RANG...
JE NE COMPRENDS PAS.
EN QUOI KAM AURAIT-IL PU LUI ÊTRE UTILE ?

KAM EST LE FILS DE LAOLYTH ...
QU...
QUOI ?!
PLUSIEURS TÉMOINS ONT VU LAOLYTH CONFIER UN ENFANT À UN COUPLE DE VIEILLARDS DE SAN REMO, IL N'Y A PAS DE DOUTE...
LE COUPLE EST MORT DANS UN ÉTRANGE INCENDIE ET KAM S'EST RETROUVÉ SEUL AU MONDE. C'EST ALORS QUE ZARK L'A RECUEILLI...
MAIS LE PLAN DE MON MAÎTRE POUR S'ATTIRER LA RECONNAIS-SANCE DE LAOLYTH ET DE L'ANCIEN A ÉCHOUÉ ...
PERSONNE N'EST VENU RÉCLAMER L'ENFANT ET PERSONNE N'A VOULU RECEVOIR ZARK À LA GUILDE...
RIEN D'ÉTONNANT À ÇA : À L'ÉPOQUE, LES FAUSSES RUMEURS LIÉES À LAOLYTH ÉTAIENT MON-NAIE COURANTE ...
ET PUIS, AVEC LE TEMPS, MAÎTRE ZARK A COMMENCÉ À AVOIR DES DOUTES. CET ENFANT ÉTAIT-IL VRAIMENT LE FILS DE LAOLYTH ?

C'EST ALORS QU'IL S'EST MIS EN TÊTE DE TOUT FAIRE POUR MODELER KAM À L'IMAGE DE LAOLYTH.
MAIS ON DIRAIT QUE LA SITUATION NOUS A COMPLÈTEMENT ÉCHAPPÉ...
...
JE TE TROUVE BIEN BAVARD D'UN SEUL COUP ! POURQUOI PARLER MAINTENANT ALORS QUE TU AS TOUJOURS CACHÉ LA VÉRITÉ À KAM ?!
MAIS MOI AUSSI J'AI UNE CONSCIENCE ! JE SUIS FATIGUÉ DE TOUT ÇA !
MAÎTRE ZARK EST DEVENU FOU, JE NE PEUX PLUS LUI OBÉIR !
ÇA N'A PAS L'AIR DE T'EMPÊCHER DE CONTINUER À L'APPELER MAÎTRE !!
ET SI TU ES VENU AUJOURD'HUI, C'EST POUR VOIR CE QU'ON POUVAIT TIRER DE KAM AVANT DE LE RAMENER AVEC TOI, NON ?!
VOUS NE PENSEZ QU'À VOTRE PROPRE INTÉRÊT !
C'EST UNIQUEMENT DANS L'ESPOIR DE SOULAGER TA CONSCIENCE QUE TU ME RACONTES TOUT ÇA, PAS VRAI ?!
MAIS NON ! ON M'A ENVOYÉ CHERCHER KAM, C'EST VRAI...
MAIS CE QUE J'ALLAIS TE DEMANDER, C'EST DE L'ADOPTER...

...
TU PARLES TROP !
BATSUO ! OÙ VAS-TU AVEC CETTE ÉPÉE ?!

CHERCHER KAM !
JE NE PEUX PAS ME RÉSOUDRE À L'IDÉE QUE SA VIE...
S'ACHÈVE D'UNE MANIÈRE AUSSI TRISTE ...
POURQUOI ES-TU À CE POINT OBSÉDÉ PAR LES RÈGLES ?!
C'EST TOI QUI AVAIS RAISON, KAM...
AVEC JUD DÉJÀ... J'AURAIS DÛ IGNORER LES RÈGLES DE LA GUILDE...
J'IRAI, MÊME SI JE DOIS TOUT PERDRE !
JUD NE REVIENDRA PLUS, JE LE SAIS... MAIS POUR KAM IL N'EST PAS TROP TARD !
POURQUOI TE DONNER TANT DE MAL POUR UN GARÇON QUI N'EST MÊME PAS TON FILS ?

MAIS C'EST MON FILS !
JE NE SUIS PEUT-ÊTRE PAS DIGNE D'ÊTRE SON PÈRE...
MAIS JE PEUX AU MOINS LUI PRÉPARER UN ENDROIT OÙ IL POURRA REVENIR !
DIS...
BATSUO ?
TU NE VEUX PAS JOUER ENCORE UN PEU DEHORS ? TU N'AIMES PAS ÇA ?
C'EST LA PREMIÈRE FOIS QU'IL M'APPELLE PAR MON NOM...

ÇA Y EST, J'AI FINI... JE VEUX RENTRER MAINTENANT...
JE ...
JE VIENS TE CHERCHER ! JE VAIS TE SORTIR DE LÀ !
J'ARRIVE, KAM !

ALORS ? ÇA A L'AIR APPÉTISSANT, NON ? CETTE FOIS J'AI VRAIMENT L'IMPRESSION D'AVOIR RÉUSSI ! ♥
MADE-MOISELLE, JE VOUS EN PRIE...
VOUS ALLEZ ENCORE VOUS BRÛLER COMME LA DERNIÈRE FOIS...

ON DIT QU'UNE FILLE DOIT SAVOIR CUISINER DÈS SON PLUS JEUNE ÂGE...
ET MOI QUI NE SAIS RIEN FAIRE, QUELLE HONTE !
MADE-MOISELLE, VOTRE PÈRE VA ME GRONDER...
J'AURAI MA REVANCHE !
DIRE QU'ON A COMPARÉ MA DERNIÈRE ŒUVRE À DU CHARBON...
AH, ÇA M'ÉNERVE RIEN QUE D'Y REPENSER ! QUEL MUFLE, CE BATSUO...
AH, JE COMPRENDS MIEUX !
MOI QUI CROYAIS QUE VOUS VOUS ENTRAÎNIEZ POUR ÊTRE UNE BONNE ÉPOUSE !
C... C'EST JUSTE AU CAS OÙ... ON NE SAIT JAMAIS CE QUI PEUT ARRIVER DANS LA VIE APRÈS TOUT !
OH LÀ LÀ, MAIS QU'EST-CE QUE JE RACONTE ?!
D'AILLEURS, N'EST-CE PAS AUJOURD'HUI QUE VOTRE AMI KAM DOIT REN...
MADE-MOISELLE !! LE GÂTEAU !!
KYAAA! PAS ÇA !!!

こげっ
PFFFF ...
ず〜ん
ENCORE RATÉ...
TOUT EST CRAMÉ...
HA HA HA
PAS ÉVIDENT DE CHOISIR LA BONNE TEMPÉRATURE ...
KAM...
さわ...
J'ESPÈRE QU'IL NE T'EST RIEN ARRIVÉ...

LUDIA !
BONJOUR !
TIENS, MIRU !
TU ES LÀ POUR LE RETOUR DE LENI ?
OUI !
TU DIS QUE L'ENCEINTE DES QUARTIERS DE LA GUILDE ÉTAIT FERMÉE ?
OH, C'EST SOUVENT LE CAS, TU SAIS !
MAIS IL N'ÉTAIT PAS INTERDIT D'ENTRER, NON ?
BEN IL Y AVAIT TROP DE MONDE, JE N'AI PAS PU SAVOIR CE QUI SE PASSAIT ...
J'AI UNE IDÉE !
SUIS-MOI !
C'EST UN PASSAGE SECRET QUE J'UTILISE SOUVENT...
IL DONNE SUR LE JARDIN DE LA MAISON DE KAM !
QUI SE TROUVE JUSTEMENT DANS LE QUARTIER DE LA GUILDE !
OUAH ! C'EST VRAI !

MIRU ! TU VAS TE FAIRE GRONDER SI ON TE TROUVE !
JE VAIS JUSTE JETER UN COUP D'ŒIL !
NE T'INQUIÈTE PAS, JE SUIS TRÈS FORTE À CACHE-CACHE !
KAM ! TU ES RENTRÉ ?
COUCOU !
KAM ?
BATSUO ?
MAIS ... QU'EST-CE QUI S'EST PASSÉ ICI ?

BONJOUR, JOLIE DEMOISELLE ...
ÇA FAIT DES ANNÉES QUE JE NE ME SUIS PAS RETROUVÉ EN FACE D'UNE FILLE...
OUAAAH
QUELLE ÉTRANGE COULEUR DE CHEVEUX...

HÉ BEN !
JE NE SAVAIS PAS QUE ÇA EXISTAIT LES GENS AUX CHEVEUX VERTS... DE QUEL PAYS EST-CE QU'IL VIENT ?
...
IL N'EST PAS CONVENABLE POUR UNE JEUNE FILLE D'OUVRIR SI GRAND LA BOUCHE.
P... PARDON !
BONJOUR MONSIEUR ...
VOUS ÊTES UN AMI DE BATSUO ?
BAT-SUO ?
LA HONTE...
OH, L'HOMME QUI ÉTAIT SI AGITÉ À L'INSTANT ...
HMM ...
UNE ...
QUE-RELLE ?
VOIS-TU...
J'AURAIS PRÉFÉRÉ NE PAS ASSIS-TER À ÇA...
LA QUERELLE ENTRE CES DEUX RUSTRES M'A INDISPOSÉ AU PLUS HAUT POINT ...

ぽす
LA DÉLICA-TESSE ET LA BEAUTÉ FÉMININES ...
ME SONT BIEN PLUS AGRÉA-BLES...
HÉ...
IL VOLE ?!
AH...

サワ…
HEIN ? OÙ SUIS-JE ?
C'EST BEAU...
SUIS-MOI...
JE RÊVE ?
ET SI ON ALLAIT ENSEMBLE ...
À L'ELEMENT LINE ?

L'ELEMENT ... LINE ?
JE DOIS M'Y RENDRE ...
MAIS JE NE PEUX ME DÉPLACER SEUL...
POURRAIS-TU M'Y EMMENER ?
QUOI ?! C'EST IMPOS-SIBLE !
LES FEM-MES N'ONT PAS LE DROIT DE SORTIR DE LA CITÉ !
ET PUIS...
JE VOIS...
C'EST ICI, À GRISFYNN, QUE VIVENT MON PÈRE, MA MÈRE, MON PETIT FRÈRE LEVIFII ET TOUS LES GENS QUE JE CONNAIS...
TOUS CEUX QUE J'AIME SONT ICI, ALORS JE N'AI PAS ENVIE DE M'EN ALLER...
BATSUO POURRAIT PEUT-ÊTRE VOUS AIDER ...
OÙ SE TROUVE CETTE ELEMENT LINE ?
JE NE ME SOUVIENS PLUS...

PAS MÊME DE VOTRE NOM ?
NON...
JE NE SAIS PAS QUI JE SUIS... JE NE ME SOUVIENS DE RIEN...
QUOI ?
J'AI DÉJÀ ENTENDU PARLER DE ÇA !
L'AMNÉSIE, C'EST COMME ÇA QUE ÇA S'APPELLE !
ÇA ARRIVE APRÈS UN CHOC VIOLENT À LA TÊTE...
AU TEMPLE, J'AI DÉJÀ VU DES GENS QUI EN SOUFFRAIENT !
VOUS SAVEZ CE QUE LA GRANDE PRÊTRESSE LEUR A DIT ?
QU'IL NE FALLAIT PAS S'ATTACHER AU PASSÉ...
MAIS SE TOURNER VERS L'AVENIR...
L'AVENIR ?

VOUS SAVEZ ...
LE NOM QUE VOUS ONT DONNÉ VOS PARENTS EST TRÈS IMPORTANT, BIEN SÛR...
MAIS SI VOUS NE VOUS EN SOUVENEZ PAS, POURQUOI NE PAS EN CHOISIR UN NOUVEAU ?
UN QUI VOUS PLAISE...
...
DÉSO-LÉE ...
PARDON DE PARLER AINSI ALORS QUE JE NE SAIS RIEN DE VOUS...
ET SI TU LE CHOISISSAIS POUR MOI ?
QUOI ?!
MOI ? VOUS ÊTES SÛR ?!
OUI. TROUVE-MOI UN NOM QUI ME PLAISE.
ドキドキ
HEU...
EH BIEN ...
J'AIME BEAUCOUP LE NOM DE L'ESPRIT DIVIN DU VENT QUI REVIENT DANS BEAUCOUP D'HISTOIRES ...

ALORS POURQUOI PAS UN NOM QUI RESSEMBLERAIT À CELUI DU DIEU WILAAKS ?
JE TROUVE QUE ÇA VOUS IRAIT TRÈS BIEN !
TU ES VRAIMENT INCROYABLE !
ÇA ME PLAÎT BEAUCOUP...
À PARTIR D'AUJOURD'HUI, TU PEUX M'APPELER WINSLAKS !

KYAA !!
AHH ...
TOUT ÇA N'ÉTAIT QU'UN RÊVE ...
NON... ?
C'EST DE LA FOLIE !
VOUS N'ALLEZ PAS SORTIR SEUL !
SI VOUS VOUS OPPOSEZ À LA GUILDE, VOUS ALLEZ VOUS ATTI-RER DES ENNUIS !
SILEN-CE !
JE VAIS CHERCHER KAM ET JE TUERAI QUICONQUE S'INTERPOSERA !!
OUVREZ LES PORTES !
BATSUO ...

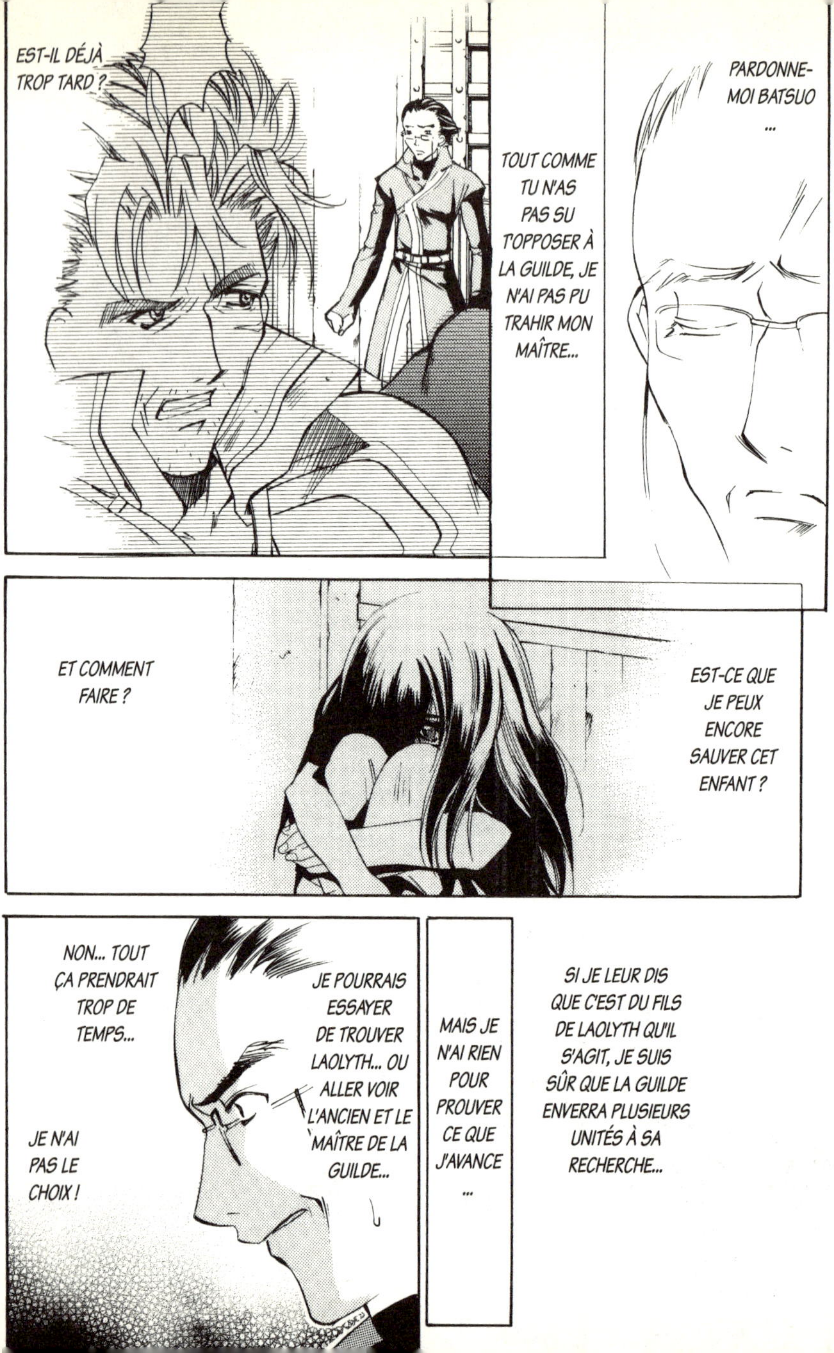
PARDONNE-MOI BATSUO ...
TOUT COMME TU N'AS PAS SU T'OPPOSER À LA GUILDE, JE N'AI PAS PU TRAHIR MON MAÎTRE...
EST-IL DÉJÀ TROP TARD ?
EST-CE QUE JE PEUX ENCORE SAUVER CET ENFANT ?
ET COMMENT FAIRE ?
SI JE LEUR DIS QUE C'EST DU FILS DE LAOLYTH QU'IL S'AGIT, JE SUIS SÛR QUE LA GUILDE ENVERRA PLUSIEURS UNITÉS À SA RECHERCHE...
MAIS JE N'AI RIEN POUR PROUVER CE QUE J'AVANCE ...
JE POURRAIS ESSAYER DE TROUVER LAOLYTH... OU ALLER VOIR L'ANCIEN ET LE MAÎTRE DE LA GUILDE...
NON... TOUT ÇA PRENDRAIT TROP DE TEMPS...
JE N'AI PAS LE CHOIX !

BATSUO !
JE PARS AVEC TOI ...
TE FOUS PAS DE MOI ! JE NE SAIS PAS CE QUE TU AS EN TÊTE, MAIS JE NE VEUX PAS DE TON AIDE !
RENTRE CHEZ TOI !
TU VAS VRAIMENT T'AVENTURER TOUT SEUL À L'EXTÉRIEUR ?
VOYAGER SANS PERSONNE POUR PRENDRE LES TOURS DE GARDE ?
C'EST DU SUICIDE PUR ET SIMPLE !
JE NE SUIS PAS TRÈS ROBUSTE, MAIS C'EST TOUJOURS MIEUX QUE RIEN...
...
COMME TU VOUDRAS !
MAIS NE COMPTE PAS SUR MOI POUR TE REMERCIER !
BIEN ...
ATTENDEZ UN PEU !
HEIN ...
JE VOIS UN HOMME ÉTENDU PAR TERRE DEVANT LES PORTES !

PAS D'ERREUR !
C'EST UN GAMIN BRUN !
UN GAMIN BRUN ?
QUOI...
JE VOUS EN PRIE, OUVREZ LES PORTES JUSTE UN INSTANT !
MAIS ... LES RÈGLES DE LA GUILDE...
TU VAS LE LAISSER CREVER ?!
MAIS ENFIN !
IL A RÉUSSI À ARRIVER JUSQU'ICI !
JE SUIS SÛR QU'IL EST ENCORE VIVANT !
J'EN SUIS CERTAIN !
...

TRÈS BIEN ... MAIS UNIQUEMENT POUR VÉRIFIER S'IL EST ENCORE EN VIE !
FAITES VITE !
HAN
HAN
C'EST PAS VRAI...
COMMENT ONT-ILS PU ARRIVER JUSQU'ICI...

KAM ! LENI !
ÇA VA ALLER ?! RÉPONDEZ !
BA... TSUO...
KAM ...
TU ES VRAIMENT REVENU !
BATSUO, S'IL TE PLAÎT...
LE PROFESSEUR A PERDU BEAUCOUP DE SANG ...
KAM ?!
QU'Y A-T-IL ?! OUVRE LES YEUX !
...
IL EST BRÛLANT DE FIÈVRE !
SHA-FILLE, VIENS M'AIDER !
OUI !
J'AI COMPRIS ! J'APPELLE TOUT DE SUITE LE MÉDECIN !

MAÎTRE BATSUO ...
VOUS OUBLIEZ LE RÈGLEMENT !
SEULS SONT ACCEPTÉS À L'INTÉRIEUR CEUX QUI ARRIVENT À FRANCHIR LES PORTES PAR LEURS PROPRES MOYENS !
RAMENEZ-LES OÙ VOUS LES AVEZ TROUVÉS !
QUOI ?!
MAIS ENFIN ILS SONT SI PRÈS DU BUT !
ÇA N'A PAS DE SENS !
LES RÈGLES SONT LES RÈGLES ...
JE REGRETTE ...
PAR PITIÉ !
AIDEZ-LES !
SI ON LES LAISSE LÀ, ILS VONT VRAIMENT MOURIR !
MOURIR !!

MAÎTRE BATSUO ...
...
EH BIEN...
NOUS N'AVONS PAS LE POUVOIR DE LES AUTORISER À PÉNÉTRER EN VILLE...
MAIS LES LOGEMENTS AMÉNAGÉS DANS L'ÉPAISSEUR DES REMPARTS SONT CONSIDÉRÉS COMME EXTÉRIEURS À LA CITÉ...
ATTENDEZ LÀ-BAS PENDANT QUE JE CONSULTE MES SUPÉRIEURS.
TRÈS BIEN !
JE VOUS DOIS UNE FIÈRE CHANDELLE ! MERCI !
NON, IL NE FAUT PAS...
IL FAUT QUE JE REPARTE DÈS QUE LE PROFESSEUR SERA EN SÉCURITÉ...
MAIS JE N'ARRIVE PLUS À BOUGER... JE ME SENS SI LOURD...
QU'EST-CE QUE T'AS ENCORE À RÂLER...
FA-SHIM ?
HEIN ?!

"HEIN" ?
COMMENT ÇA "HEIN" ?!
TU VIENS OU TU VIENS PAS ?
DÉCIDE-TOI !
J'AI PAS QUE ÇA À FAIRE !
S'ASSEOIR AUTOUR D'UNE TABLE POUR DISCUTER AVEC L'ENNEMI ?!
MAIS ENFIN QU'EST-CE QUI VOUS PREND ?!
ON N'A PAS BESOIN DE SYMPATHISER AVEC EUX !
C'EST ŒIL POUR ŒIL, DENT POUR DENT, NON ?!

EH ! IL A PAS TORT, C'EST VRAI QU'ON SE COMPLIQUE LA VIE !
M... MAIS ENFIN MAÎTRE !
LAISSEZ-LE TOMBER ...
FASHIM EST UN SIMPLET QUI NE SAIT QUE SE BATTRE...
MÊME S'IL VENAIT AVEC NOUS, IL NE COMPRENDRAIT PAS CE QUE SONT DES NÉGOCIATIONS DE PAIX !
IL NE FERA QUE NOUS GÊNER ...
ALLEZ FASHIM ! VIENS AVEC NOUS !
PLUS ON EST DE FOUS, PLUS ON RIT !
TSSS, TU CROIS QU'ON PART EN PIQUE-NIQUE OU QUOI ?!
VOUS SAVEZ, IL SE FAIT PRIER, MAIS EN FAIT, IL ATTEND JUSTE QU'ON LUI FORCE UN PEU LA MAIN...
HMMM

ALORS JE N'EN FERAI RIEN !
J'AI HORREUR DES GENS QUI NE DISENT PAS CLAIREMENT CE QU'ILS PENSENT !
ON Y VA, SARAH ?
O... OUI. MAIS...
OH !
A... ATTENDEZ !
JE VIENS AUSSI !
MAIS OÙ ALLEZ-VOUS ?
ÇA ME PARAÎT ÉVIDENT, NON ? À L'ELEMENT LINE !
LÀ OÙ SE TROUVE L'ENNEMI !
L'ENNEMI ?

OÙ SUIS-JE ?

QUI ES-TU...
VA-T'EN...
QUE TOUT...
DISPARAISSE !!
WAAAAAH

TIENS ?
QU'EST-CE QUE ... JE FAIS LÀ ?
AH OUI...
JE CHERCHAIS KAM...
VOUS ...
ALORS JE N'AI PAS RÊVÉ ?
...
SI TU AS L'INTENTION DE SORTIR, PRENDS CECI AVEC TOI.
J'AI UN MAUVAIS PRESSENTIMENT...

BATSUO ...
LENI EST MORT...
ET DEPUIS UN MOMENT, ON DIRAIT ...
KAM NE S'EST PAS RENDU COMPTE QU'IL TRAÎNAIT UN CADAVRE...
COM-MENT VA-T-IL ?
TOUJOURS AGRIPPÉ À CETTE CURIEUSE ÉPÉE ?
OUI ...
IL LA SERRE AVEC UNE FORCE INOUÏE...
ON A PEINE À CROIRE QUE CE N'EST QU'UN ENFANT...

BATSUO ...
COMMENÇONS PAR LUI METTRE DES VÊTEMENTS PROPRES.
D'ACCORD ...
HEIN ?!
IL EST COUVERT DE SUIE ...
C'EST COMME LENI, IL ÉTAIT COMPLÈTEMENT ...

MAIS ENFIN...
QU'EST-CE QUE C'EST... ?
UHHH ...
KAM ?!

HI...
QU...
C'EST IMPOSSIBLE, QUE LUI ARRIVE-T-IL...

AU SECOURS
...
BATSUO
...
...
A...
NE BOUGE PAS
...
J'APPELLE UN MÉDECIN
...

QU'Y A-T-IL ?
QUELQUE CHOSE NE VA PAS ?
LE MÉ-DECIN !
OÙ EST DONC CE MAUDIT MÉDECIN ?!
AMENEZ-LE-MOI TOUT DE SUITE !!

HAN
HAN
HAN
KAM ...
ヨロ...
ÇA S'EST... CALMÉ ?
VOTRE AMI N'EST PAS UN ÊTRE HUMAIN ORDINAIRE.
スゥ...
GRÂCE À LUI, JE VAIS TOUT RÉDUIRE EN CENDRES ...
CETTE VILLE ... SES HABITANTS ... ILS VONT TOUS Y PASSER !
QUI ... QUI ES-TU ?!
ET D'OÙ SORS-TU ?!

HÉ HÉ HÉ
POUR MON PLUS GRAND PLAISIR !
IL EST ENTRÉ DANS L'ÉPÉE ?!
ALORS ? QU'ALLEZ-VOUS FAIRE ? JE ME SAUVERAIS EN VITESSE SI J'ÉTAIS VOUS... À MOINS QUE VOUS NE VOULIEZ FINIR CARBONISÉS...

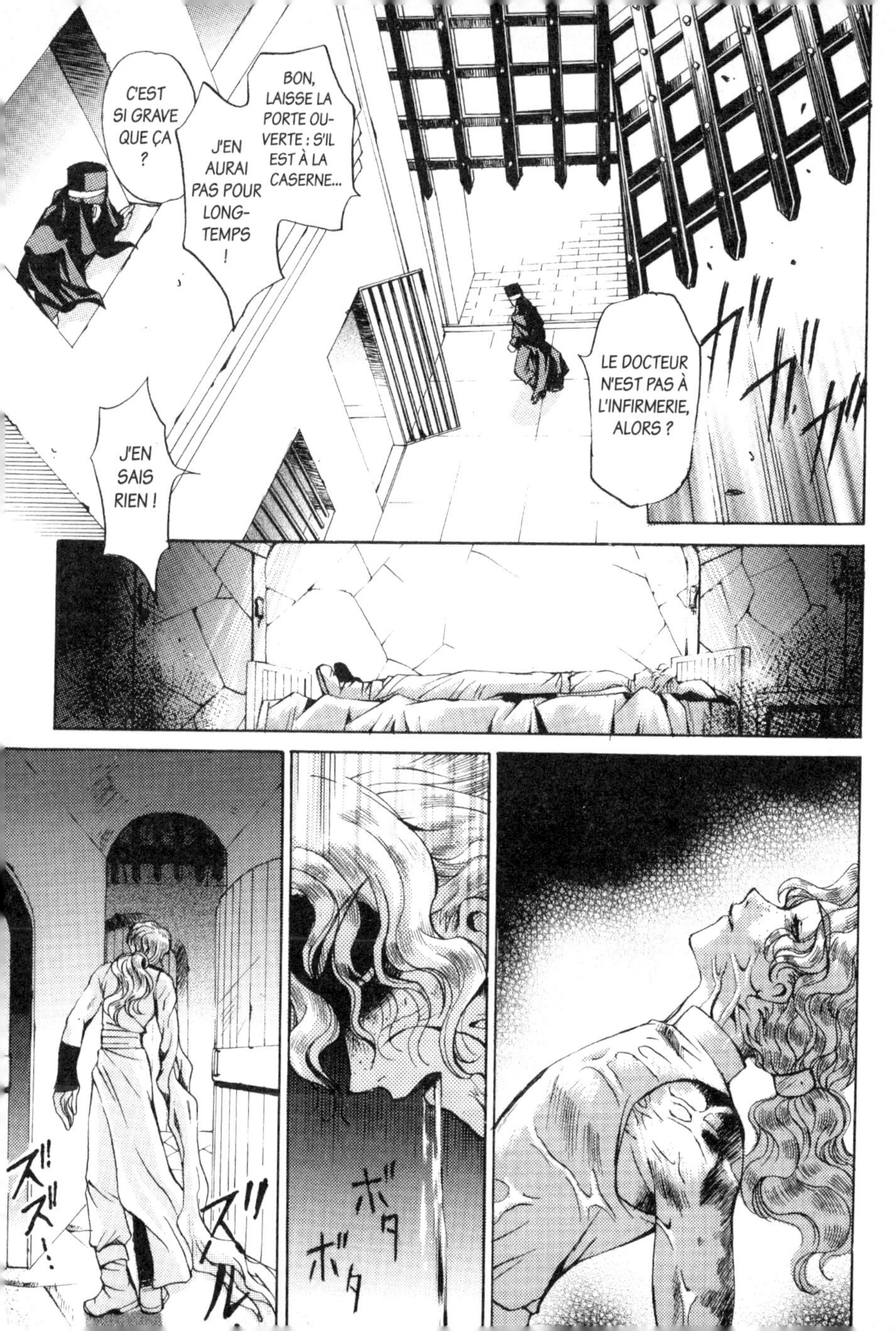
LE DOCTEUR N'EST PAS À L'INFIRMERIE, ALORS ?
J'EN SAIS RIEN !
BON, LAISSE LA PORTE OU-VERTE : S'IL EST À LA CASERNE...
J'EN AURAI PAS POUR LONG-TEMPS !
C'EST SI GRAVE QUE ÇA ?

ÇA COMMENCE À BIEN FAIRE !
ON SAIT QUE LA TROUPE EST REVENUE !
ILS SONT ENCORE EN QUARANTAINE, IL VA FALLOIR ATTENDRE !
LAISSEZ-MOI VOIR MON FILS !
ON ATTEND LES ORDRES !
ALORS MON FRÈRE EST BIEN REVENU...
OÙ PEUT-IL BIEN ÊTRE ?
J'AI HÂTE DE LE REVOIR...

AH !
LENI...
ILS ONT ENVOYÉ UNE UNITÉ D'ÉLITE SUR LES TRACES DE L'ASSASSIN ?

OUI, ÇA VIENT D'ÊTRE CONFIRMÉ ...
HMM... C'EST PAS UNE BONNE IDÉE ...
BAH... IL Y AURA TOUJOURS LES BOUCLIERS !
POSSIBLE... C'EST VRAI QU'IL FAUT ABSOLUMENT REPÉRER L'ASSASSIN...
MAIS IL NE RESTERA PLUS GRAND MONDE POUR PROTÉGER LA VILLE...
WAAAAAH
HEIN ?
QU'EST-CE QUI SE PASSE ?

SALOPERIE !
UN RIZOM ?!
IMPOSSIBLE !
COMMENT A-T-IL PU ENTRER ?!
QUOI ENCORE ?!
LES BOUCLIERS ...
LES BOUCLIERS SONT TOMBÉS ...

JE VAIS TOUT DÉTRUIRE ! TOUT FAIRE CRAMER !
REPLIEZ-VOUS !
BON SANG !
VOUS AUSSI MON COMMANDANT, VITE !
...

UN RIZOM AILÉ...
C'EST LA PREMIÈRE FOIS QUE JE VOIS ÇA...
MON COMMAN-DANT !!
CETTE VILLE... EST CONDAMNÉE...

MAIS ...
QU'EST-CE QUI SE PASSE ICI ?
ALORS C'ÉTAIT FASHIM...
WINSLAKS ? OÙ ÉTIEZ-VOUS PASSÉ ?
QUEL IMBÉCILE ...
IL N'EST PLUS LUI-MÊME...
PFFF -
ON DIRAIT QUE NOUS ALLONS DEVOIR LE RAMENER À LA RAISON, LUDIA.

À NOUS DEUX ?! MAIS COMMENT POURRIONS-NOUS ?
JE NE SUIS PAS SOLDAT ET JE NE SAIS PAS ME BATTRE !
IL TE SUFFIT D'EMPORTER CET OBJET LÀ-BAS...
TOUT IRA BIEN, COURAGE !
QUOI QU'IL ARRIVE, JE TE PROTÉGERAI DE TOUT MON CORPS ET DE TOUTE MON ÂME...
...
WINSLAKS ...

SHAFILLE ! TU ES VIVANT ?
P... PLUS OU MOINS...
MAIS QUE S'EST-IL PASSÉ ? KAM...
IL S'EST TRANSFORMÉ EN RIZOM ?
RIDICULE... COMMENT UN HOMME POURRAIT-IL SE TRANSFORMER EN RIZOM ?!
JE SUIS SÛR QUE CE GAMIN AUX CHEVEUX ROUGES A QUELQUE CHOSE À VOIR LÀ-DEDANS...
AÏE...
SHAFILLE, VA TE METTRE À L'ABRI !
MOI, JE VAIS SUIVRE KAM !
SOIS PRUDENT !

NOM D'UN CHIEN ! JE N'Y COMPRENDS PLUS RIEN !
KAM !
ガタ
ガタ
ガタ
POURQUOI ...

POURQUOI, LENI...
IL FAUT QUE JE L'ARRÊTE ...
IL FAUT QUE J'ARRÊTE LENI...
ふら…
ひっく…
LENI...
...NI...
LENI !

LENI !!
ARRÊTE !! JE T'EN SUPPLIE !
JE...
JE NE TE DEMANDERAI PLUS DE DEVENIR SOLDAT... JE NE SERAI PLUS ÉGOÏSTE, ALORS...
RENTRONS À LA MAISON...
RENTRE À LA MAISON AVEC MOI !!
GRAND FRÈRE !

MIRU
!!

QU'EST-CE QUE VOUS FOUTEZ LÀ !
FICHEZ LE CAMP !
QU'EST-CE QUE C'EST QUE ÇA... ?
VITE, MIRU...
RECULE BILTOSH, TU N'Y ARRIVERAS PAS TOUT SEUL !
TU NE DEVRAIS PAS ME SOUS-ESTIMER !
N'OUBLIE PAS QUE TU T'ADRESSES À UN ANCIEN D'ORIENZ, LA TROUPE DES MERCENAIRES DE L'EST !
NON...
ATTENDEZ ...
S'IL VOUS PLAÎT...
QUOI ?!

PAR PITIÉ, NE TUEZ PAS MON GRAND FRÈRE !!

AAAH ...
!
WINSLAKS ?
UNE ARME CRÉÉE POUR ANNIHILER TOUTE FORME DE VIE HUMAINE...
MAIS DITES-MOI, CE GARS-LÀ A L'AIR INTÉRESSANT !

TOI AUSSI TU VAS Y PASSER !!
KYAHHHH
CE GARÇON ...

QUOI ?!
UN MUR DE VENT ?

ARRÊTE ! SI NOUS NOUS AFFRONTONS ICI, IL Y AURA TROP DE VICTIMES !
PFFF, ILS PEUVENT TOUS CREVER, C'EST PAS ÇA QUI VA M'EMPÊCHER DE DORMIR !
JE NE TE LAISSERAI PAS PRENDRE DE VIES HUMAINES !
LUTTE AVEC TOI-MÊME ! TU DOIS REPRENDRE LE CONTRÔLE DE TON ESPRIT !
REVIENS À TOI, FASHIM !!

LE...
LENI...
MIRU...
ENCORE
EN TRAIN DE
PLEURER ?

ALLEZ, SÈCHE TES LARMES !
TU VERRAS, QUAND JE SERAI DANS L'ARMÉE, L'ATTITUDE DE PAPA CHANGERA !
IL FAUT QUE J'Y AILLE MAINTENANT, MIRU...
NON, TU N'ES PAS OBLIGÉ DE PARTIR !
JE T'EN PRIE...
NE PARS PAS...
NE PARS PAS !

LENI !!!!!
QUELQU'UN...
PLEURE ?
QUOI ?
VITE...
RACCROCHE-TOI À TA CONSCIENCE ET REPRENDS TES ESPRITS !
PROFITES-EN TANT QUE LE SCEAU QUI ME RETIENT EST AFFAIBLI !
VITE !

KOF KOF
HEIN ?
MAIS ENFIN...
QUE S'EST-IL PASSÉ ?

...
KAM ...
OÙ ES-TU ?
KAM !!

HA
HA
MIRU ?
ÇA VA, TU N'AS RIEN ?
KAM !
OÙ ES-TU ?! RÉPONDS !!
KAM ?!
ALORS... IL EST BIEN RENTRÉ ?
KAM !!
SHLING...

SHLING
CE BRUIT...
C'EST CELUI DU PENDENTIF...
CLING
KA...

HAN
HAN
LUDIA...
NON...

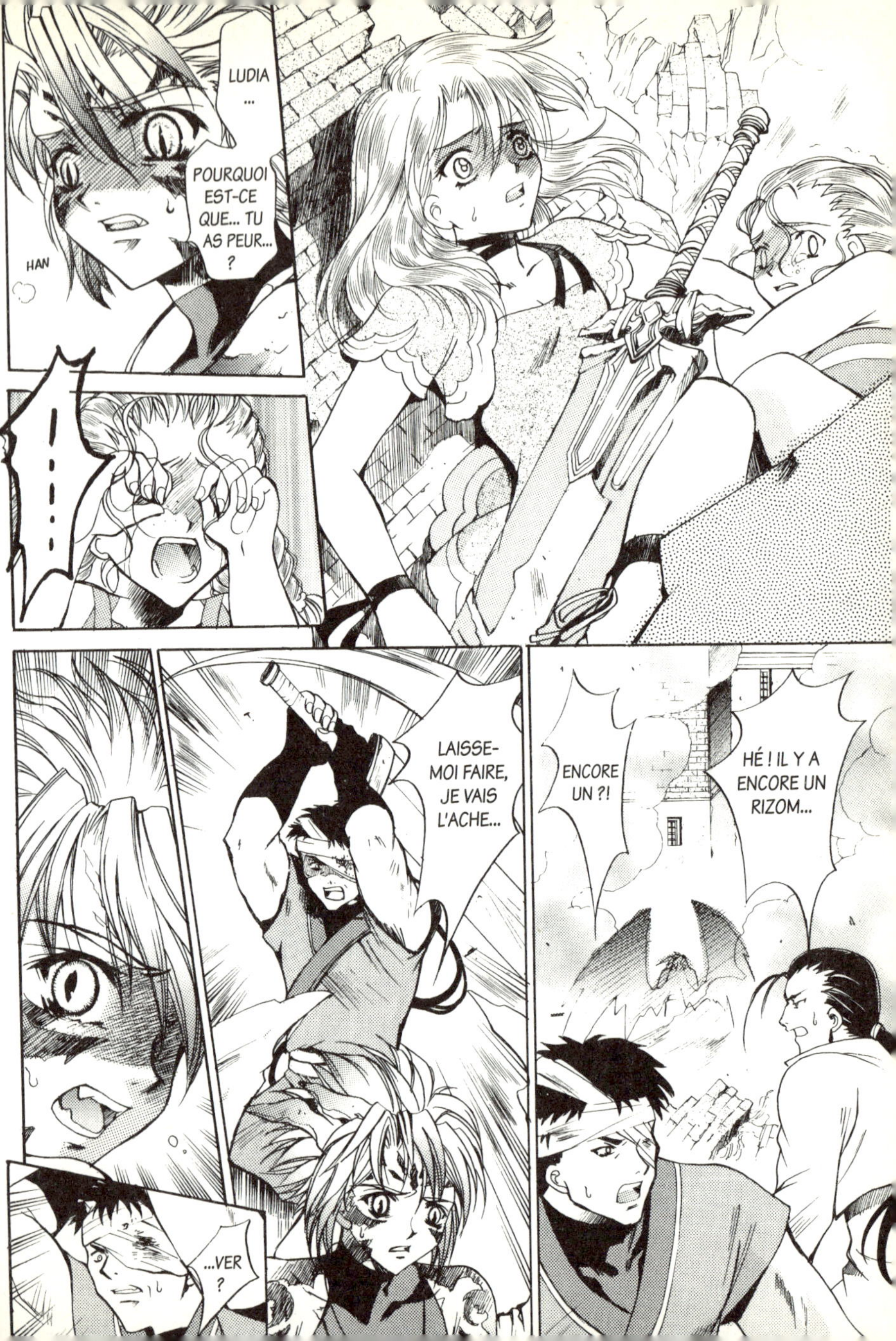
LUDIA ...
POURQUOI EST-CE QUE... TU AS PEUR... ?
HAN
!...
HÉ ! IL Y A ENCORE UN RIZOM...
ENCORE UN ?!
LAISSE-MOI FAIRE, JE VAIS L'ACHE...
...VER ?

MAIS QU'EST-CE QUE ÇA VEUT DIRE ?!
C'EST VRAIMENT UN RIZOM ?!
JE... JE VOLE...
?!
NE ME DITES PAS QUE... C'EST... KAM LÀ-HAUT ?
KAM ?

TU VEUX DIRE QUE CE RIZOM, CE SERAIT KAM ?!!
UN RIZOM ? MOI ?
LUDIA...
JE VOIS ...
ALORS ÇA Y EST, JE NE SUIS PLUS HUMAIN...
JE NE PEUX PLUS RESTER ICI...

ADIEU
...
A...
HEIN ?
KAM !
!!
...

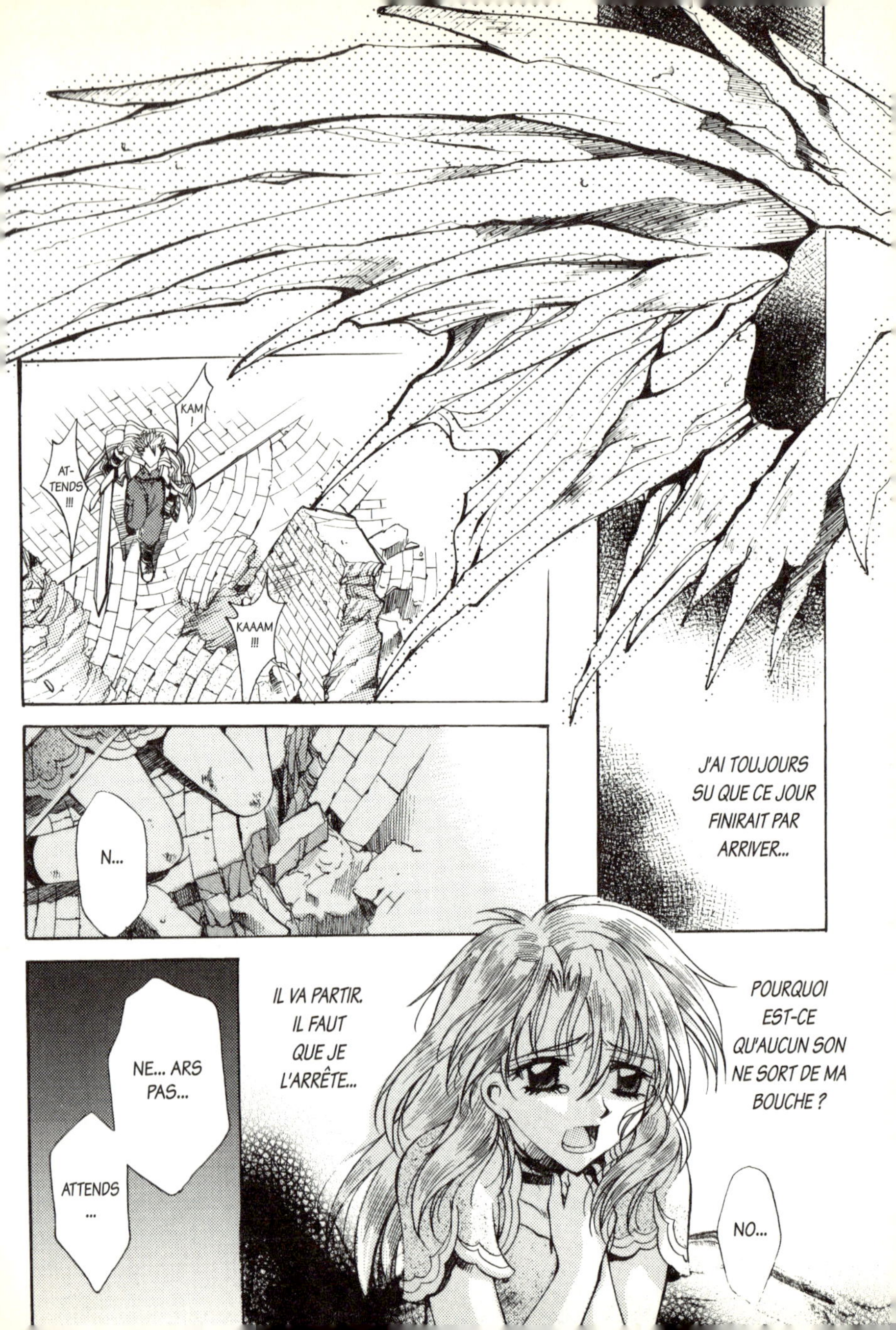
KAM !
AT-TENDS !!!
KAAAM !!!
J'AI TOUJOURS SU QUE CE JOUR FINIRAIT PAR ARRIVER...
N...
POURQUOI EST-CE QU'AUCUN SON NE SORT DE MA BOUCHE ?
IL VA PARTIR. IL FAUT QUE JE L'ARRÊTE...
NE... ARS PAS...
ATTENDS ...
NO...

NE T'INQUIÈTE PAS POUR MOI...
JE SUIS CAPABLE DE VIVRE TOUT SEUL MAINTENANT...
MÊME TOUT SEUL ...
JE M'EN SORTIRAI ...
BENSFENDII, CITÉ DE LA SCIENCE

REGARDEZ, C'EST LE PROFESSEUR DRUMBAJE...
くす くす
VOUS AVEZ ENTENDU CETTE HISTOIRE ?
OUI OUI, IL AURAIT DÉCLARÉ AU GRAND SAGE QUE LES RIZOMS SONT DES HOMMES À L'ORIGINE...
AURAIT-IL PERDU L'ESPRIT ?
PRO-FESSEUR DRUMBAJE ...
GRR...
LES THÉORIES RÉVOLUTIONNAIRES NE SONT JAMAIS ACCEPTÉES D'EMBLÉE, QUELLE QUE SOIT L'ÉPOQUE !
LE JOUR VIENDRA OÙ TOUT LE MONDE DEVRA RECONNAÎTRE QUE JE DISAIS VRAI...

BIEN SÛR...
HEU ...
JE VOUDRAIS... CLASSER DES DOCUMENTS... PUIS-JE ME RETIRER DANS MA CHAMBRE ?
PEU M'IM-PORTE !
PFFF ...
WANESS A DÛ S'ENNUYER ...
IL FAUT QUE JE ME DÉPÊCHE ...
ENFER !!

JE SUIS LA RISÉE DE TOUTE LA VILLE !
TOUT ÇA PARCE QUE LA GUILDE REFUSE DE ME LIVRER LE RIZOM DU SOUS-SOL !
SI SEULEMENT JE DISPOSAIS DE PREUVES ET DE DOCUMENTS IRRÉFUTABLES...

ÇA NE SE REPRODUIRA PLUS !!
C'EST VRAI ...
HII...
POUR RENVERSER L'ANCIEN, NOUS DEVONS MOBILISER TOUS LES PAYS...
ET POUR CELA NOUS AVONS BESOIN QUE LE GRAND SAGE SE RALLIE À NOTRE CAUSE...
J'AI JURÉ À GAVAYNË QUE JE NE LA TRAHIRAIS PLUS !
QUE ME VOULEZ-VOUS ?!
IMPOSSIBLE D'APPROCHER LA CAGE DU RIZOM SANS ÉVEILLER LES SOUPÇONS ...
POURQUOI CROYEZ-VOUS QUE JE ME DONNE AUTANT DE MAL ?!
MÊME SI LE GRAND SAGE SEMBLE INTÉ-RESSÉ PAR MES THÉORIES, L'UNIVERSITÉ NE PRENDRA JAMAIS POSI-TION SANS PREUVES TANGIBLES !

LE FAIRE SORTIR D'URUG SLAY ME PARAÎT DIFFICILE...
PEU IMPORTE ! IL ME FAUT UN SPÉCIMEN VIVANT À TOUT PRIX !
MAIS QUEL INTÉRÊT, S'IL N'A PLUS L'ASPECT HUMAIN ?
IL Y A QUEL-QUES JOURS...
UN RAPPORT EST PARVENU À LA GUILDE SELON LEQUEL UN JEUNE HOMME SE SERAIT TRANSFORMÉ EN RIZOM À GRISFYNN...
QUOI ?!
CE RIZOM...
JE L'ATTRAPERAI POUR VOUS...

Element Line

Element Line

POURQUOI EST-CE QUE... TU AS PEUR... ?

LUDIA...

POURQUOI... POURQUOI EST-CE QUE J'AI EU PEUR... ?
Livre IV : Ténèbres

RASSEMBLEZ TOUS LES SOLDATS QUI RESTENT !
IL NE FAUT PAS QUE D'AUTRES RIZOMS PUISSENT PÉNÉTRER DANS LA VILLE !!
ET LE MÉDECIN ?!
TU... TU AS RAISON ...
HÉ, C'EST PAS LE MOMENT DE SE TORTURER L'ESPRIT, ON A DU PAIN SUR LA PLANCHE...

ÇA VA ALLER ? TU PEUX MARCHER SEULE ?
こくっ
LUDIA ...
JE NE COMPRENDS PAS... QU'EST-CE QUI EST ARRIVÉ À KAM ?
SON CORPS... QU'EST-CE QUI S'EST PASSÉ ?!

KAM...
IL PLEURAIT !
À CAUSE DE MOI !
JE SUIS SÛRE QU'IL NE REVIENDRA PLUS ! IL NE POURRA PLUS...
CE N'EST PAS DE TA FAUTE.
C'ÉTAIT SON DESTIN...
SON DESTIN ?!
ÇA ?!

WINSLAKS, VOTRE CORPS ?
J'AI UN PEU TROP UTILISÉ MES FORCES ...
IL SEMBLERAIT QUE LE POUVOIR DU SCEAU L'EMPORTE SUR LE MIEN MAINTENANT ...
QUE COMPTES-TU FAIRE ?
LE LAISSER PARTIR COMME ÇA ?
JE...
JE VAIS LE SUIVRE !
JE VEUX LE RETROUVER !!

JE SUIS SÛR QUE FASHIM CHERCHERA À RETOURNER À L'ELEMENT LINE, À BATYÜLLE.
SI TON AMI EST AVEC LUI, C'EST LÀ-BAS QU'IL FAUT ALLER...
ALORS... VOUS...TU SAURAIS RETROUVER KAM, WINSLAKS ?
TU VEUX BIEN LE CHERCHER AVEC MOI ?
BIEN SÛR.
ニコッ
TANT MIEUX. RESTER ICI À PLEURER NE CHANGERAIT RIEN.
SI C'EST CE QUE TU DÉSIRES, JE T'AIDERAI DE MON MIEUX !
JE VAIS DEVOIR DORMIR UN MOMENT, MAIS N'OUBLIE PAS...
JE SUIS À L'INTÉRIEUR DE CETTE *ÉPÉE*...
JE SUIS LIÉ À CETTE *ÉPÉE*...

HAN
OUI ! IL N'EST PAS TROP TARD !
JE VAIS TE SUIVRE, KAM !
HAN
HAN
WINSLAKS ...
JE COMPTE SUR TOI ...
PUISSENT TES POUVOIRS ME GUIDER...

LUDIA ?
QU'EST-CE QUE TU FICHES ICI ? LE QUARTIER EST INTERDIT AUX CIVILS !
BAT-SUO !
ET D'OÙ SORT CETTE ÉPÉE ?
BATSUO ! C'EST AFFREUX, KAM...
JE VOIS...

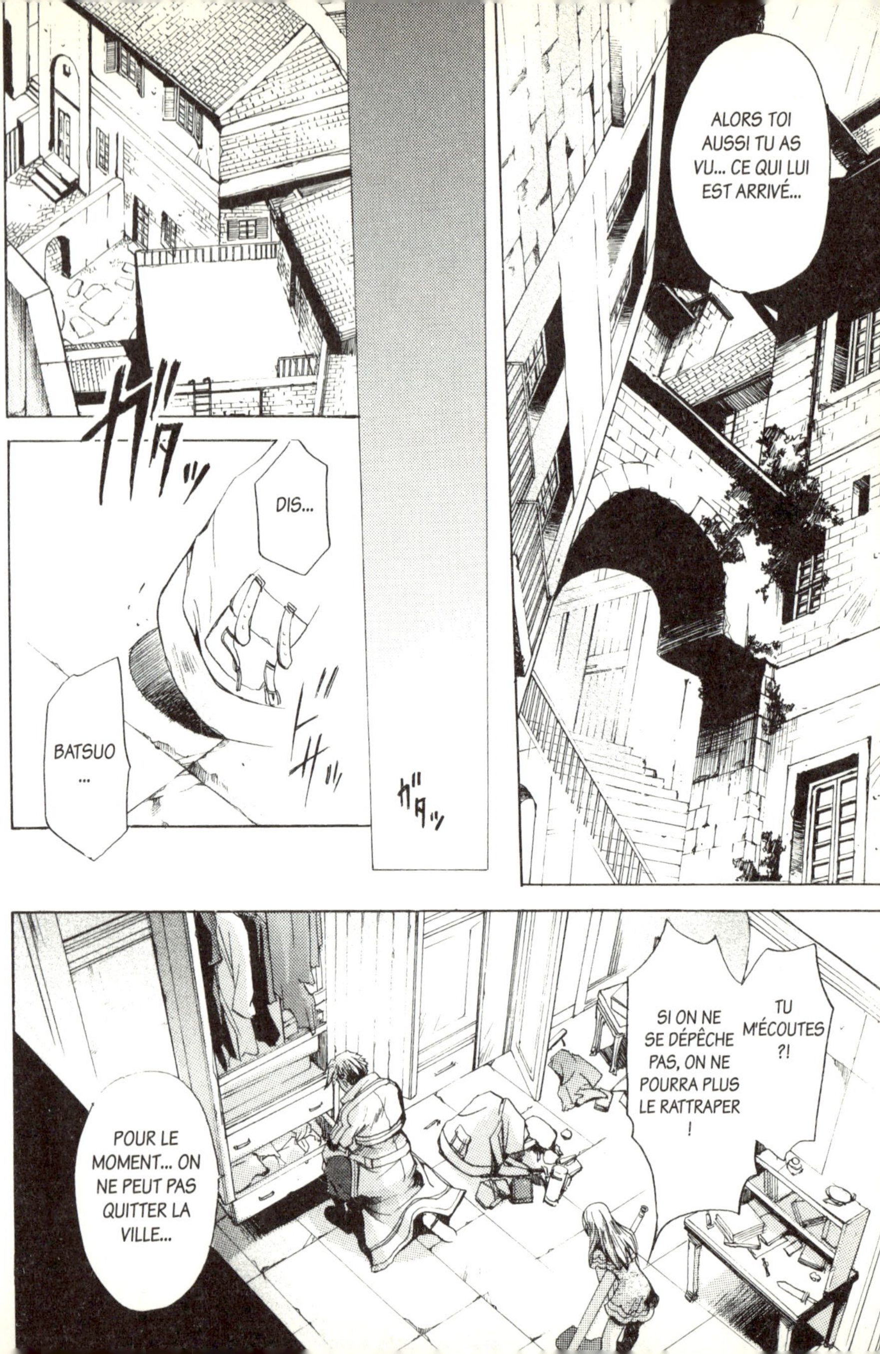
ALORS TOI AUSSI TU AS VU... CE QUI LUI EST ARRIVÉ...
ガタッ
DIS...
BATSUO ...
TU M'ÉCOUTES ?!
SI ON NE SE DÉPÊCHE PAS, ON NE POURRA PLUS LE RATTRAPER !
POUR LE MOMENT... ON NE PEUT PAS QUITTER LA VILLE...

APRÈS CE QUI S'EST PASSÉ, IL Y A BIEN TROP DE MONDE DU CÔTÉ DES REMPARTS.
SI ON ESSAIE DE FORCER LE PASSAGE, ON RISQUE DE SE FAIRE PRENDRE ET KAM NOUS ÉCHAPPERA POUR DE BON...
MIEUX VAUT ATTENDRE LA TOMBÉE DE LA NUIT...
...
LUDIA, RENTRE CHEZ TOI.
QUOI ?!
JE NE PEUX PAS T'EMMENER ...
LAISSE-MOI M'OCCUPER DE KAM ET ATTENDS-NOUS ICI, D'ACCORD ?

IL... IL N'EN EST PAS QUESTION ! JE PARS AUSSI !
JE TE SUIVRAI QUOI QUE TU DISES !
ET JE PARTIRAI SEULE S'IL LE FAUT !
JE CROIS QUE TU NE TE RENDS PAS COMPTE DE CE QUE TU RACONTES...
DEHORS, MÊME UN SOLDAT AGUERRI N'EST PAS CERTAIN DE POUVOIR SURVIVRE ...
ALORS COMMENT VEUX-TU QU'UNE FILLETTE COMME TOI... ET SEULE QUI PLUS EST...
RAISON DE PLUS POUR QU'ON Y AILLE ENSEMBLE !
TU SAIS AUSSI BIEN QUE MOI QU'UNE FEMME NE PEUT PAS SORTIR D'UNE CITÉ SANS LAISSEZ-PASSER DE L'ANCIEN...
SI JAMAIS TU DEVAIS TE FAIRE PRENDRE, TU FINIRAIS IMMÉDIATEMENT DANS LES GEÔLES DE LA GUILDE...
...

DANS CE CAS, JE RENONCE À ÊTRE UNE FEMME À PARTIR D'AUJOURD'HUI !

BATSUO ...
JE SUIS SÉRIEUSE ...
LU...
LUDIA ...
JE TE PROMETS QUE JE NE SERAI PAS UN POIDS POUR TOI...
JE NE ME PLAINDRAI JAMAIS, QUOI QU'IL ARRIVE !
ALORS EMMÈNE-MOI, JE T'EN PRIE ...
カン カン
カン カン

LES PUISSANTS BOUCLIERS ÉRIGÉS PAR L'EMPEREUR REYNETH, ALHIEM XIII...
... TOMBÉS SI FACILEMENT...
カン
カン
AU VU DES DÉGÂTS, NOUS AVONS DE LA CHANCE QU'IL Y AIT EU SI PEU DE VICTIMES...
MAIS ON N'A MÊME PLUS ASSEZ D'HOMMES CAPABLES D'ALLER BATTRE LE RAPPEL DES UNITÉS D'ÉLITE EN MISSION...
ET MÊME SI LES CIVILS PARTICIPENT À LA RECONSTRUCTION, JE ME DEMANDE COMBIEN DE TEMPS TOUT ÇA PRENDRA ...

NOUS ALLONS IMPLORER AU PLUS VITE L'AIDE DE LA CHAMBRE HAUTE...
IL NE NOUS RESTE PLUS QU'À PRIER POUR QUE D'AUTRES RIZOMS NE SURGISSENT PAS AVANT QUE LES BRÈCHES NE SOIENT COMBLÉES ...
JE ME DEMANDE SI GRISFYNN SURVIVRA À CETTE ÉPREUVE ...
QUI SAIT ?
NOTRE SORT EST ENTRE LES MAINS DES DIEUX...

ALORS...
TU ES VRAIMENT SÛRE DE TOI ?
IL EST ENCORE TEMPS DE CHANGER D'AVIS.
CEUX QUI BRISENT LES RÈGLES NE PEUVENT PAS ESPÉRER RETOURNER À UNE VIE NORMALE ...
TU NE POURRAS PEUT-ÊTRE JAMAIS REVENIR DANS CETTE VILLE...
NE T'INQUIÈ-TE PAS POUR MOI...
SEUL KAM COMPTE POUR LE MOMENT...
ALLONS-Y ! JE SUIS SÛRE QU'IL ATTEND !
QU'IL NOUS ATTEND...
LUDIA ...

TRÈS BIEN, ALLONS-Y !
À NOUS DEUX, NOUS LE RETROUVERONS !
PÈRE, MÈRE, LEVIFII...
PARDON...

ET ADIEU...
DEUX MOIS PLUS TARD ...
CITÉ D'URUG SLAY
LAISSEZ-NOUS SORTIR DE LÀ, BON SANG !!

URUG SLAY, QUARTIERS DE LA GUILDE, SECOND PÉNITENCIER
QU'EST-CE QUE VOUS COMPTEZ FAIRE DE NOUS ?!
ÇA, C'EST AU MAÎTRE DE LA GUILDE D'EN DÉCIDER !
EN ATTENDANT, RESTEZ TRANQUIL-LES !
VOUS VOUS FOUTEZ DE MOI ?!
J'EXIGE UNE AUDIENCE !
ON VA LUI DEMANDER DIRECTEMENT POURQUOI IL NOUS LAISSE POURRIR DANS CETTE CELLULE !
ET SI C'EST UNE ERREUR DE VOTRE PART, ÇA N'EN RESTERA PAS LÀ, CROYEZ-MOI !

LA GUILDE ET SES INTRIGUES ...
ILS ONT ARRÊTÉ TOUTES LES PERSONNES QUI AURAIENT ÉTÉ EN CONTACT AVEC LE RIZOM CE JOUR-LÀ...
CE N'EST PAS LE GENRE D'AFFAIRE QU'ILS AIMENT LAISSER S'ÉBRUITER ...
VOUS PARLEZ DE KAM ?
PAS SEULEMENT...
CETTE FILLETTE A APPELÉ L'UN DES RIZOMS "GRAND FRÈRE"...
UN HOMME S'EST TRANSFORMÉ EN RIZOM.
ÇA SUFFIT !!

RIZOM OU PAS, C'ÉTAIT QUELQU'UN D'IMPORTANT POUR LA PETITE !
ET VOUS, VOUS ÊTES LÀ À ÉCHAFAUDER DES HYPOTHÈSES COMME SI DE RIEN N'ÉTAIT ! PENSEZ UN PEU À ELLE !
DÉ... DÉSOLÉ !
PFFF, VOUS ÊTES BIEN DES BREYMARS... C'EST TYPIQUE DE VOTRE PEUPLE CE GENRE DE COMPOR-TEMENT...
...
ぎゅうぅ
QU...
QU'EST-CE QU'IL Y A ?

TU AS ENCORE MAL QUELQUE PART ?
UN HOMME QUI SE TRANSFORME EN RIZOM...
ET LE PRÉSENT DE L'ANCIEN QUI DISPARAÎT...
ON EST VRAIMENT MAL BARRÉS ...
BATSUO, JE NE SAIS PAS OÙ TU ES EN CE MOMENT...
MAIS J'ESPÈRE QUE TU T'EN TIRES MIEUX QUE NOUS...
URUG SLAY, SALLE DU CONSEIL
C'EST INADMISSIBLE !

COMMENT LES BREYMARS, ESCLAVES DE L'EMPIRE, OSENT-ILS DONNER DES ORDRES AUX RASSANS ?! N'OUBLIEZ PAS OÙ EST VOTRE PLACE !
NOTRE PLACE ?
C'EST VOUS QUI SEMBLEZ OUBLIER QUE LE TEMPS OÙ VOUS NOUS AVEZ RÉDUITS EN ESCLAVAGE EST DÉSORMAIS RÉVOLU !
NOUS AVONS ÉTÉ AFFRANCHIS PAR L'EMPIRE, ET CELA BIEN AVANT SA CHUTE...
NOUS SOMMES DES HOMMES LIBRES MAINTENANT !
IL SERAIT PEUT-ÊTRE TEMPS DE METTRE DE CÔTÉ VOTRE MÉPRIS POUR LES AUTRES PEUPLES !
COMMENT ?!

MESSIEURS, IL SUFFIT !
IL ME SEMBLAIT QUE L'ORDRE DU JOUR CONCERNAIT LE VOTE D'UN BUDGET D'URGENCE POUR LA RÉPARATION DES BOUCLIERS DE GRISFYNN !
ザワザワ
...
...
QU'EST-CE QUE LE CONSEIL SUPRÊME, DITES-LE MOI ?
L'AURIEZ-VOUS OUBLIÉ ?

LE CONSEIL SUPRÊME EST UNE ASSEMBLÉE QUI RÉUNIT LES REPRÉSENTANTS DE CHAQUE NATION ET DE CHAQUE CITÉ SUR UN PIED D'ÉGALITÉ.
UNE ASSEMBLÉE OÙ TOUS LES PEUPLES SE CONCERTENT ET COOPÈRENT POUR PRÉSERVER L'HUMANITÉ DE LA MENACE DES RIZOMS...
CEUX QUI SONT INCAPABLES DE METTRE LEURS DIFFÉRENDS RACIAUX ET LEUR MÉFIANCE DE CÔTÉ PEUVENT PARTIR.
ガタッ
C...
COMMENT OSEZ-VOUS ?!
VOUS, UN GRANHAZAM... UN ÊTRE DE CONDITION INFÉRIEURE... DE QUEL DROIT OSEZ-VOUS PARLER SUR CE TON À VOS MAÎTRES LES RASSANS ?!
ワナ
ワナ
ÇA SUFFIT !

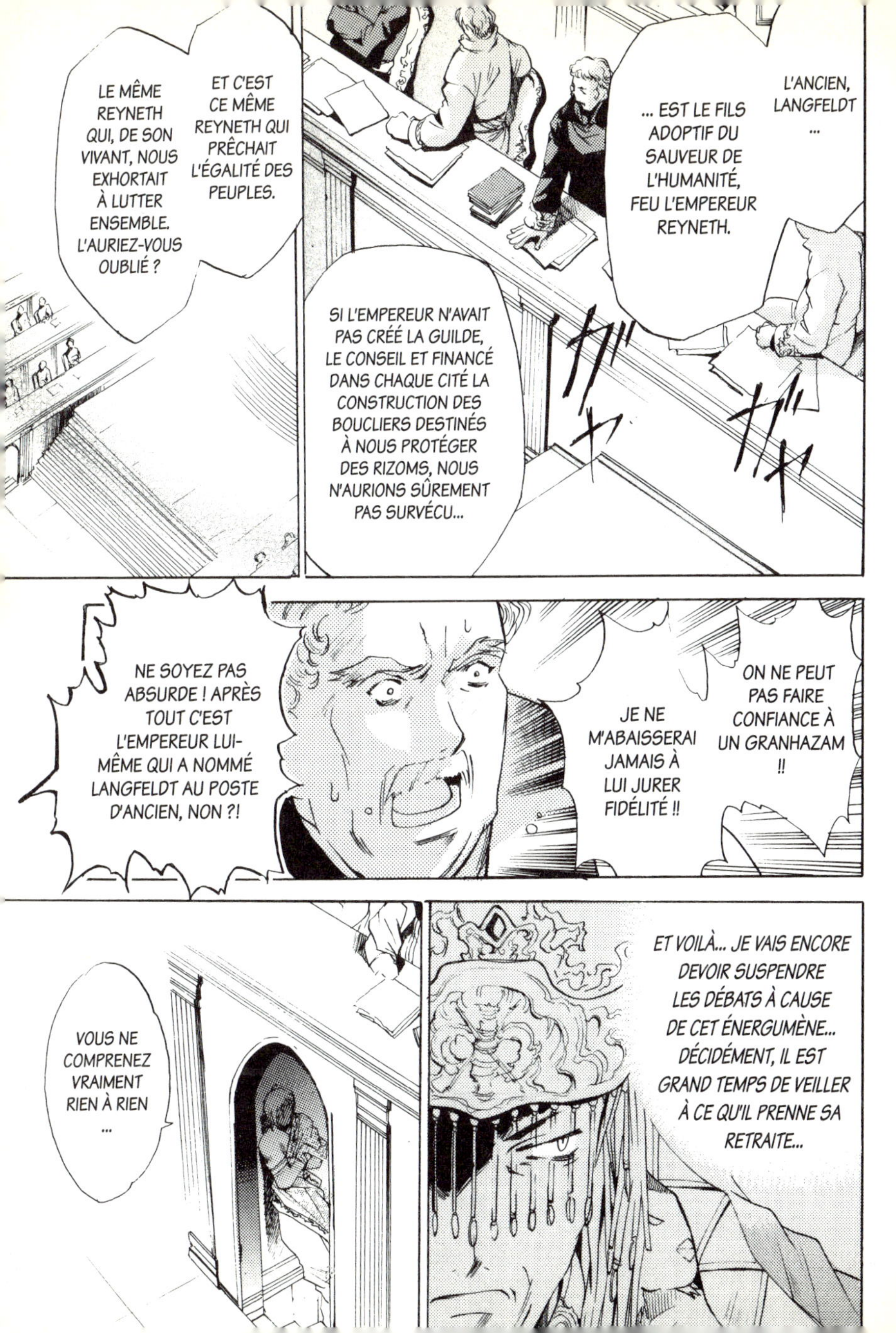
L'ANCIEN, LANGFELDT ...
... EST LE FILS ADOPTIF DU SAUVEUR DE L'HUMANITÉ, FEU L'EMPEREUR REYNETH.
SI L'EMPEREUR N'AVAIT PAS CRÉÉ LA GUILDE, LE CONSEIL ET FINANCÉ DANS CHAQUE CITÉ LA CONSTRUCTION DES BOUCLIERS DESTINÉS À NOUS PROTÉGER DES RIZOMS, NOUS N'AURIONS SÛREMENT PAS SURVÉCU...
ET C'EST CE MÊME REYNETH QUI PRÊCHAIT L'ÉGALITÉ DES PEUPLES.
LE MÊME REYNETH QUI, DE SON VIVANT, NOUS EXHORTAIT À LUTTER ENSEMBLE. L'AURIEZ-VOUS OUBLIÉ ?
ON NE PEUT PAS FAIRE CONFIANCE À UN GRANHAZAM !!
JE NE M'ABAISSERAI JAMAIS À LUI JURER FIDÉLITÉ !!
NE SOYEZ PAS ABSURDE ! APRÈS TOUT C'EST L'EMPEREUR LUI-MÊME QUI A NOMMÉ LANGFELDT AU POSTE D'ANCIEN, NON ?!
ET VOILÀ... JE VAIS ENCORE DEVOIR SUSPENDRE LES DÉBATS À CAUSE DE CET ÉNERGUMÈNE... DÉCIDÉMENT, IL EST GRAND TEMPS DE VEILLER À CE QU'IL PRENNE SA RETRAITE...
VOUS NE COMPRENEZ VRAIMENT RIEN À RIEN ...

RANG, RIVALITÉS ETHNIQUES, POUVOIR... AUCUNE DE CES NOTIONS N'A LA MOINDRE VALEUR EN CES MURS.
PAS VRAI, LANGFELDT ?
MAJESTÉ !
ガタッ
QUELLE INSOLENCE !
ガタ
LE ROI !
VOUS VOILÀ ENFIN !
NOUS VOUS ATTENDIONS !
EH BIEN... JE NE VOUS ATTENDAIS PAS SI TÔT...
SHARAYF, SOUVERAIN DES TROIS GRANDS ROYAUMES DE L'OUEST...
ET VÉRITABLE MAÎTRE DE L'OCCIDENT ...
ALORS LANGFELDT, AURAIS-TU PERDU DE TON AUTORITÉ NATURELLE AVEC L'ÂGE ?

MA PRÉSENCE ICI SEMBLE INDISPOSER NOS AMIS RASSANS...
C'EST DE MA FAUTE, MAJESTÉ ...
JE NE FAIS PAS PREUVE D'ASSEZ DE FERMETÉ...
C'EST DONC À ÇA QU'EN SONT RÉDUITS LES PEUPLES DE L'ORIENT ?
L'OUEST, LUI AUSSI, A CONNU DE NOMBREUSES GUERRES ETHNIQUES AUTREFOIS...
MAIS REGARDEZ, TOUS LES MIENS SONT SAGEMENT ASSIS À LEUR PLACE...
C'EST LE MOINS QU'ON PUISSE DIRE...
NOUS AUTRES PEUPLES DE L'OUEST N'AVONS PAS DE GRIEFS PARTICULIERS À L'ÉGARD DES GRANHAZAMS.
BIEN AU CONTRAIRE ...
NOUS SOMMES BIEN SÛR REDEVABLES À L'EMPEREUR DE CE QU'IL A FAIT, MAIS LA RAISON PRINCIPALE DE NOTRE SOUTIEN À LANGFELDT, C'EST JUSTEMENT CETTE EXCEPTIONNELLE INTELLIGENCE QU'ON RETROUVE CHEZ TOUS LES GRANHAZAMS...
C'EST PRÉCI-SÉMENT PARCE QUE LES RASSANS REDOUTAIENT CES QUALITÉS QU'ILS ONT VOULU SOUMETTRE LES GRANHAZAMS, NON ?

VOUS L'AVEZ ENTENDU ?! MES FRÈRES RASSANS !
ALLONS-NOUS RESTER ICI SANS BRONCHER ALORS QU'ON NOUS HUMILIE ?!
FAUT PAS VOUS ÉNERVER COMME ÇA VOYONS, C'EST LA VÉRITÉ APRÈS TOUT ...
VOUS SAVEZ BIEN QUE TOUTE VOTRE CIVILISATION REPOSE SUR LES INVENTIONS DES GRANHAZAMS...
L'ARCHITECTURE, LA POLITIQUE, LES BANQUES, LA NAVIGATION, LE COMMERCE, LES ROUTES, LES BAINS... ET QUE SAIS-JE ENCORE...
JE SAIS, ON DIRAIT PAS COMME ÇA, MAIS J'AI FAIT DES ÉTUDES !
MAJESTÉ VOYONS !
BON, BON...
ON JURERAIT QUE VOUS CHERCHEZ À CRÉER DES TENSIONS ENTRE L'EST ET L'OUEST !
し…ん
...
QU'Y A-T-IL ?! POURQUOI PERSONNE NE RÉAGIT-IL DONC ?! LE CONSEIL ET LA GUILDE SONT INDÉPENDANTS MAINTENANT, VOUS N'AVEZ PAS À CRAINDRE DE REPRÉSAILLES !

TU ES VRAIMENT BORNÉ ...
TOI ET TON PAYS N'AVEZ QU'À VOUS RETIRER DE LA CONFÉDÉRATION ! VOUS N'AUREZ PLUS AUCUNE INFORMATION SUR LES RIZOMS ET LEURS DÉPLACEMENTS. VOUS VIVREZ SEULS ET REPLIÉS SUR VOUS-MÊMES, DANS LA CRAINTE DE LEURS ATTAQUES !
TOUT... TOUT CE QUE JE DEMANDE, C'EST QUE CE GRANHAZAM RENONCE AU TITRE D'ANCIEN !
DÉSOLÉ, MAIS LES ROYAUMES DE L'OUEST HONORENT TOUJOURS LEURS DETTES...
ET PUIS, TANT QUE LAOLYTH SERA L'ALLIÉ DE L'ANCIEN, LE PEUPLE NE RÉCLAMERA PAS DE CHANGEMENTS AU SEIN DU CONSEIL.
GRRR
OUF, J'AI BIEN CRU QUE ÇA NE FINIRAIT JAMAIS !

QU'EST-CE QU'IL Y A MON PETIT LANG, TU ES EN ROGNE ?
JE TE DIS QUE JE SUIS DÉSOLÉ D'AVOIR TRANSFORMÉ TON CONSEIL EN FOIRE...
ALORS ARRÊTE DE FAIRE LA TÊTE !
VOUS AVEZ VRAIMENT LE CHIC POUR SEMER LA ZIZANIE...
PAS DE COMPLIMENTS VOYONS, JE VAIS ROUGIR !
CE N'EST PAS UN COMPLIMENT, C'EST DU SARCASME...
BWAHAHAHA !
DIRE QUE LES SOLDATS, EUX, PARVIENNENT À S'ENTENDRE ET À COOPÉRER... LEURS DIRIGEANTS SONT VRAIMENT PATHÉTIQUES...

LES SOLDATS RISQUENT LEUR VIE SUR LE TERRAIN ...
POUR EUX, NE PAS COOPÉRER SIGNIFIERAIT UNE MORT IMMÉDIATE.
ET PUIS LEUR IDOLE LAOLYTH N'A JAMAIS ACCORDÉ D'IMPORTANCE AUX DIFFÉRENCES ENTRE LES PEUPLES, ALORS ILS CONTINUERONT À S'ENTRAIDER TANT QU'IL Y AURA DES RIZOMS.
TANT QU'IL Y AURA DES RIZOMS, HEIN ?
C'EST ÇA QUE J'AIME CHEZ TOI, LANG.
ALORS ...
SI VOUS ME PARLIEZ PLUTÔT DU VÉRITABLE MOTIF DE VOTRE VISITE ?
NE ME DITES PAS QUE C'EST VRAIMENT VOTRE LUNE DE MIEL QUI VOUS A FAIT COURIR TOUS CES RISQUES POUR VENIR JUSQU'ICI ...

J'APPRÉCIERAIS QUE VOUS N'UTILISIEZ PAS DE SOLDATS POUR CE GENRE DE FUTILITÉS...
NE SOIS PAS SI SÉVÈRE, CE NE SONT PAS DES SOLDATS DE LA GUILDE QUE JE SACHE !
SI SI, JE TE JURE !
MA CENTIÈME ÉPOUSE M'A RÉCLAMÉ UN CADEAU PLUS PRÉCIEUX QUE LE PLUS PRÉCIEUX DES BIJOUX...
ET PAR LES TEMPS QUI COURENT, QUOI DE PLUS PRÉCIEUX QU'UN VOYAGE AUTOUR DU MONDE ?
EH BIEN SI VOUS AVEZ TANT D'HOMMES QUE ÇA, FAITES-EN PROFITER LA GUILDE...
BIEN, BIEN...
ALLEZ !
SI JE M'ÉTERNISE, L'HUMEUR DE MA FEMME RISQUE DE TOURNER AU VINAIGRE...
JE REVIENDRAI UN AUTRE JOUR POUR LA VISITE OFFICIELLE, JE COMPTE SUR TOI !
ガタッ

ÇA POURRAIT ÊTRE L'OCCASION POUR TOI DE M'AVOUER CERTAINES DE TES PETITES CACHOTTERIES...
MAJESTÉ ...
JE T'AI À L'ŒIL, LANGFELDT !
N'OUBLIE PAS QUE C'EST GRÂCE AU SOUTIEN DES TROIS ROYAUMES DE ZAABAT QUE LE CONSEIL EXISTE ENCORE...
SI TU CHERCHES À ME TROMPER NE SERAIT-CE QU'UNE SEULE FOIS, JE BRISERAI LE CONSEIL !
...
QU'EST-CE QUE ÇA VEUT DIRE ? IL SE DOUTE DE QUELQUE CHOSE ?
ALORS DES INFORMATIONS FILTRENT ENCORE...
MON-SEIGNEUR !

LA GUILDE VIENT DE NOUS CONFIRMER QUE LE CONVOI DES 32 PERSONNES SOUPÇONNÉES D'AVOIR VU LE JEUNE HOMME DE GRISFYNN EST BIEN ARRIVÉ.
FAUT-IL LES EMMENER À *CAMPANA* ?
OUI. MAIS PAS AVANT DE LEUR AVOIR FAIT SUBIR UN INTERROGATOIRE SERRÉ...
AINSI, MALGRÉ TOUS LES EFFORTS DES SECTIONS SPÉCIALES DE LA GUILDE ET DU CONSEIL, ON N'A TOUJOURS PAS RÉUSSI À METTRE LA MAIN SUR CE GAMIN ?
TOUTES NOS EXCUSES ...
MAIS FORT HEUREUSEMENT, IL SEMBLERAIT QU'AUCUNE INFORMATION AU SUJET DE CET INCIDENT N'AIT FILTRÉ À L'EXTÉRIEUR.
ET L'UNIVERSITÉ N'A PAS L'AIR DE RÉAGIR ...
JE ME DEMANDE SI C'EST VRAIMENT LE CAS...
SI JAMAIS ...
CET ENFANT ÉTAIT SUR LE POINT D'ÊTRE CAPTURÉ PAR D'AUTRES QUE NOUS...
ET QUE TU JUGES SON SAUVETAGE TROP RISQUÉ ...

N'HÉSITE PAS À L'ÉLIMINER.
MAIS, MON-SEIGNEUR ...
C'EST LE FILS DE WO... DE LAOLYTH !
JE LE SAIS BIEN, MAIS NOUS N'AVONS PAS D'AUTRE CHOIX POUR PROTÉGER LE CONSEIL...

ESSAIE DE COMPRENDRE ...
LAOLYTH ... OÙ TE CACHES-TU DONC ?
ALORS COMME ÇA...
TU VAS VRAIMENT PARTIR ?
JE N'AI PLUS RIEN À FAIRE ICI !

C'EST PEUT-ÊTRE CE QUE TU PENSES, MAIS NOUS AVONS ENCORE BESOIN DE TOI ICI...
LES GRANDS DE CE MONDE PARLENT DE TE CONSTRUIRE UN ROYAUME ...
TU N'ÉCHAP-PERAS PAS À TON DESTIN.
J'AI DÉCIDÉ DE VIVRE MA VIE. VOUS DEVRIEZ EN FAIRE AUTANT.
UNE CHOSE EST SÛRE, JE NE REVIENDRAI PAS ICI.
À PARTIR D'AUJOURD'HUI JE PORTERAI LE NOM QUE M'A DONNÉ MA MÈRE AVANT SA MORT...

LAOLYTH.
LAOLYTH O'CONNORY. C'EST MON NOM DÉSORMAIS !
LAOLYTH O'CONNORY ...
DANS LA LANGUE DES KAMFREN'SHII, ÇA SIGNIFIE "LE LOUP LIBRE ET TÉMÉRAIRE".
LIBRE...
VOILÀ UN NOM QUI LAISSE PRÉSAGER BIEN DES ENNUIS...
LAOLYTH... JE SUIS TROP VIEUX POUR TE SUIVRE DANS TES VAGABONDAGES ...
OÙ PEUX-TU BIEN ÊTRE ?

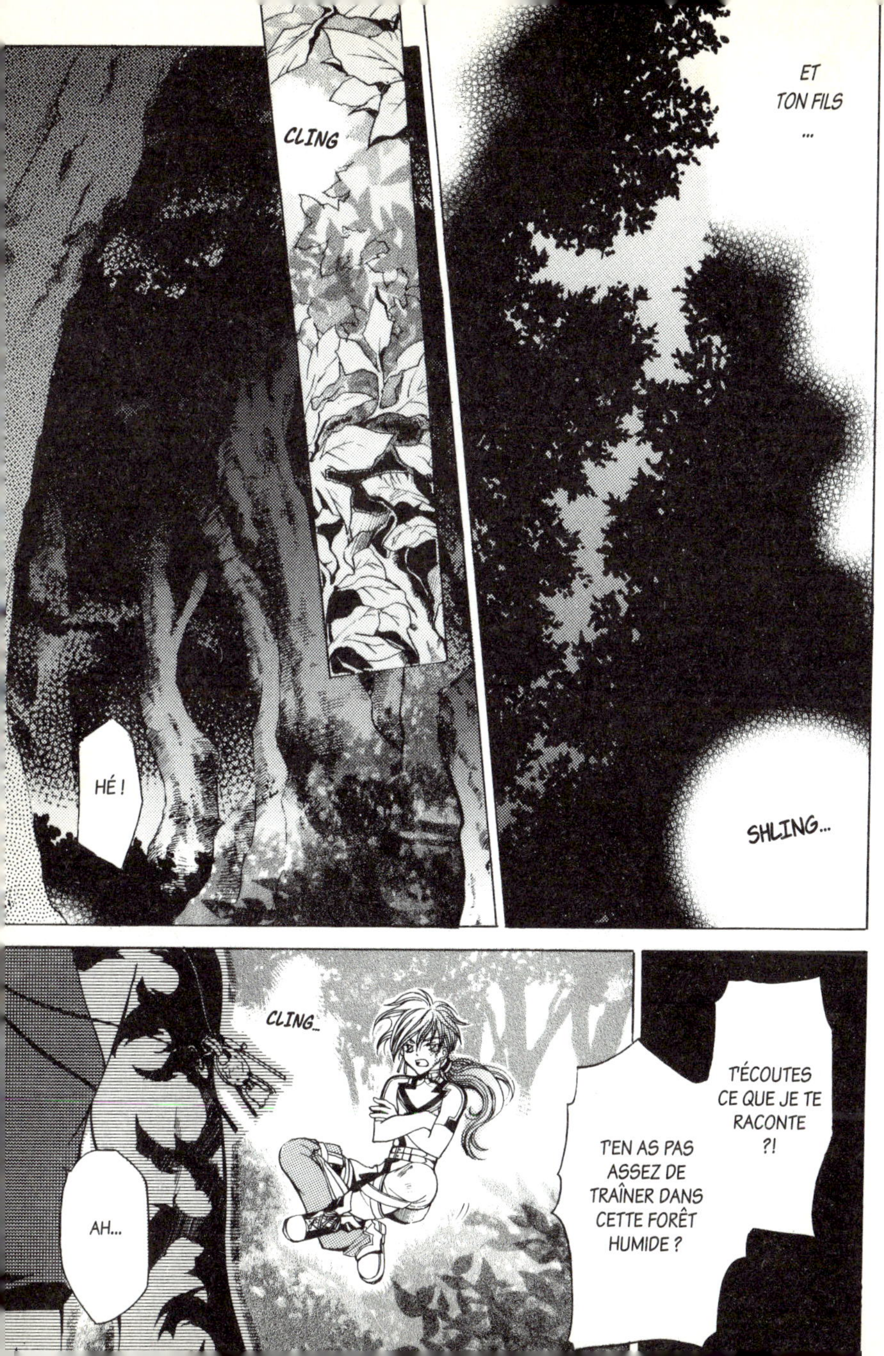
ET TON FILS ...
SHLING...
CLING
HÉ !
T'ÉCOUTES CE QUE JE TE RACONTE ?!
T'EN AS PAS ASSEZ DE TRAÎNER DANS CETTE FORÊT HUMIDE ?
CLING...
AH...

LES ÉTOILES ...
HEIN ?

TU SAIS, JE COMMENCE VRAIMENT À EN AVOIR ASSEZ DE TON SENTI-MENTALISME !
PAS ÉTONNANT QUE TU PUISSES PLUS VOIR LES ÉTOILES SI TU RESTES TERRÉ ICI... SORS DE CETTE MAUDITE FORÊT !
NON...
JE NE PEUX ALLER NULLE PART DANS CET ÉTAT...

JE RESTERAI ICI JUSQU'À LA FIN...

ÇA ME MANQUE ...
L'ÉPOQUE OÙ J'OBSERVAIS LES ÉTOILES À GRISFYNN PARAÎT SI LOINTAINE...

T'ES DÉBILE OU QUOI ?!
ÇA ME FOUT EN ROGNE DE TE VOIR PLANTÉ LÀ !
MOI QUI PENSAIS ÊTRE TIRÉ D'AFFAIRE UNE FOIS SORTI DE CE SOUS-SOL, POURQUOI A-T-IL FALLU QUE JE TOMBE SUR UN MAÎTRE AUSSI FAIBLE ET INUTILE QUE TOI ?!
J'EN PEUX PLUS. JE VAIS EXPLOSER !!
ÉCOUTE, J'AIMERAIS POUVOIR T'AIDER, T'EMMENER LÀ OÙ TU VEUX ALLER...
MAIS TU DIS TOI-MÊME QUE TU NE SAIS PAS OÙ SE TROUVE CET ENDROIT...
ENCORE CETTE HISTOIRE ?! JE TE DIS QUE JE NE T'AI JAMAIS DEMANDÉ UN TRUC PAREIL, T'ES PÉNIBLE À LA FIN !
MAIS C'EST LA VÉRITÉ ! TU VOULAIS QUE J'AILLE À L'ELEMENT LINE !

CETTE SENSATION ...
UN DE MES COMPAGNONS...
"UN DE MES COMPAGNONS" ? MAIS QU'EST-CE QUE JE RACONTE...
LES VOILÀ.
QUI... QUI ÇA ?

ENFIN TE VOILÀ. ALORS C'EST LÀ QUE TU TE CACHAIS...
UN RIZOM ...
AVEC UNE ÉTRANGE ÉPÉE... ON DIRAIT QUE L'INFORMATION ÉTAIT CORRECTE.
EN EFFET.
QUI...
QUI ÊTES-VOUS ?

CEUX QUI TE TRAQUENT !

FU FU FU
POUVOIR DES TÉNÈBRES, HEIN ? ÇA DEVRAIT ÊTRE INTÉRESSANT !

JE SUIS ASPIRÉ ?!

C'EST BIEN CE QUE JE PENSAIS, CE NE SERA PAS AUSSI SIMPLE...

VOUS TOMBEZ BIEN, J'AVAIS JUSTEMENT BESOIN DE ME DÉFOULER !
JE VAIS M'OCCUPER DE VOUS !
...
NE T'INQUIÈTE PAS, LA NUIT MES FORCES SONT DÉCUPLÉES ...
ET PUIS... ON NE NOUS A PAS DEMANDÉ DE LE RAMENER INDEMNE, NON ?
TANT QU'ON S'ARRANGE POUR QU'IL RESTE EN VIE ...
QUOI ?!
POUR QUI TU TE PRENDS ?! JE VAIS VOUS RÉDUIRE EN MIETTES !
TU ES SÛR ?

CROIS-MOI, À VOUS DEUX, VOUS N'AVEZ AUCUNE CHANCE !

À SUIVRE...

Titre original :
ELEMENT LINE VOLUME 2

First published in Japan in 2002

Édition française

Traduction et adaptation :
Ahmed Agne & Cécile Pournin
Adaptation graphique :
Ki-oon

ISBN : 2-915513-01-5
Dépôt légal : mai 2004
Imprimé en Belgique par Walleyn Graphics
Diffusion : 9ème Dimension

Ki-oon tient à remercier Kyo Kisaragi et
the-uso.com pour leur soutien !